伝えたいことは

夏戸いく

MPミヤオビパブリッシング

目次

伝えたいことは
想いが伝わるといいな

暗い闇の中へ

それは突然の予期しなかったことで
この先長く続く〝絶望〟との闘いの始まり
発表の日
掲示板に私の番号はなかった

何度も見たけれどなかった
掲示板をぼうぜんと見上げていたら
まるで時間が止まったかのようで
どのくらい時間が過ぎたのかわからないけれど
「もう帰ろう」
と後ろから声が聞こえた
振り向くと心配そうに見つめる母がいた
その日その後のことは覚えていない

翌日の夕刻
ゆれいすに座って外をぼんやりと眺めていた
窓からの風景はいつもとは違い

くすんだ単一色ををおびて
街にある建物はすべて廃墟のようだった
「なぜこうなったのだろう」
そうつぶやいたら
大つぶの涙がいくつもほほをつたい落ちた

自信をなくして
希望を見失った
何かが崩れていった

そして心が暗い闇の中へ沈んでいった

生きなければ

大切に育ててくれる父と母のために
生きなければ
心配して見守ってくれる兄と妹のために
生きなければ

この世から消えてしまいたい
そう思ったことは何度もある
けれど　もし私がここで消えてしまったら
残された家族はどうなるのだろう
突然の別れと悲しみを背負って
生きていかなければならないのでしょう
それはいけない　と思った
生きなければ

葛藤

心の中はからっぽ
何もない場所でただひとり
無気力にたたずむ自分

目に映るものが空虚で無意味に見えた
　失った自信
　こわれた心
けれど人に気づかれないよう
普通をよそおった
心の葛藤に苦しみ疲れはて
何もかもが嫌になった

振り返らないほうがいい

あんなことさえなければ
こんな思いはもうしたくない
そんなつらいことばかりが続いた

忘れよう
そう自分に言い聞かせて
思い出さないようにした
そうしたら　心の傷は消えないけれど
心の痛みは時の経過とともに薄らいだ
振り返らないほうがいい
前を向いて歩いて行こう

たったひとつの言葉で

たったひとつの言葉で
救われることもあるし
傷つくこともある

心が楽になることもあるし
心が折れてしまうこともある
言葉ってむずかしいな

幸せな瞬間《とき》

幸せだな　と思った瞬間
五才くらいの頃
父と母の真ん中に私がいて
三人で手をつないで歩いていた

右にいる父の顔を見上げて　笑って
左にいる母の顔を見上げて　笑って
嬉しくてはしゃいでいた
幸せな瞬間
今でも鮮明に覚えている

前を向いて行こう

「信じて努力すれば必ず道は開ける」
肩を落として心をふさいだ私に
力強い口調で父は言った
日々の地道な努力はいつか実を結ぶから

あきらめてはいけない
前向きに生きなさい
そう伝えたかったのだろう
いつも背中を押してくれる
父の想いにこたえたいから
少し休んで
また前を向いて行こう

大切な人との別れ

大切な人がこの世からいなくなりました
その別れを受けとめることができず
涙をとめることができなかった

心の支えを失い

どうしたらいいのかわからなくなった
けれど
よく晴れたある日に
空を見上げたら
雲ひとつない青空が広がっていた
青い空のむこうに
父がいるような気がして
「お父さん　今までありがとう」
そう話しかけたら

あたたかい風が吹いてきて
心おだやかになれた
そして青い空のむこうでいつか会える気がした
いつかきっと

さようならではなくて

もう　悲しまないでください
大切な人は泣いてばかりいるあなたを
心配して空のむこうへ行けなくなるから
もう　心おだやかに見送ってあげてください

大切な人は空のむこうにいる
会いたかった人達に会えるだろうから
さようならではないから

時がすぎて
空を見上げ
「いつか会いたい」
とあなたが伝えたら
空のむこうから
「いつか会える時まで待ってるよ」
あなたにそう伝えてくれるでしょう

だから涙を流すことは終わりにして
いつものほがらかなあなたに戻ってください

青い空のむこうから

晴れわたる日があると
ときに空を見上げて
話しかけることがある
泣きたくなるような

つらいことがあると
「いろいろあるけど
　がんばるね　心配しないで」
心はずむいいことがあると
「いまとっても幸せ
　いつもありがとう」
青い空のむこうから
いつも見守ってくれる人がいる
そんな気がしてならないのです

出会い

ずっとその日が来るのを待っていたよ
やっと会えたね
うぶ声が聞こえたな
と思ったら

もう　私の胸の上でうつぶせで寝ていて
目はとじていて
小さなからだだけど
ずっしり重みがあった

ずっと見ていたくなるほど
かわいかった

その時　嬉しくて神様にこう伝えたよ
「愛おしい我が子と出会わせてくれて
ありがとうございます
大切に　大切に　育てます」

寝顔

すやすや眠る幼いあなたの寝顔が
愛おしい

いつも笑っていてね
元気いっぱいでいてね

そう思いながら見ていたら
心が和んで
幸せな気持ちになって
「またがんばろう」と思えたよ

伝わったかな

たくさん手をつないで歩いたね
幼いあなたの手は
小さくてかわいかったな
寝る前はいつもぎゅっと抱きしめて

「おやすみ」と言ったね
幼いあなたのからだのぬくもりは
あたたかかったな
「愛してる」
と言葉で伝えたことはないけれど
「愛してる」
と心の中でつぶやいていた
想いは伝わったかな

変わらなければ

優しさだけで
愛する人を守ることはできない
それならば
強くならなければ

あなたの瞳が悲しい色にならないよう
強くなってあなたを守りたい
変わらなければ

覚悟

私は間違っていなかった
愛しいあなたが傷つかないよう
覚悟を決めて立ち向かった

失ったものはたくさんあるけれど
それでいい

愛しい人

愛しい人よ
あなたは私のすべて
あなたの笑顔は私の心を
明るくてらしてくれる

あなたの悲しい顔は私の心を
暗く沈ませてしまう
あなたがいるから
私は生きたいと強く願う
愛しい人よ
あなたは私のすべて
幸せに生きてください

その時が来るまで

神様
あと数年だけ　生きさせてください
愛しい我が子がひとりで生きていける
ようになるまでは

私はこの世から消えるわけには
いかないのです
その時が来るまで　生きさせてください

世界が変わった

暗闇の中を歩いていると
遠くから声が聞こえた
「かあさん　こっち　こっち」
声が聞こえたほうに早足で歩いていくと

向かう先に光がさしてきて
そして明るい世界にたどりついた
とても長く続いた暗闇の世界は終わった
世界が変わった

ひとり暮らしをする　あなたへ

離れて暮らすことになったね
「がんばって」
の言葉で送り出したけれど
つらくなった時は帰っておいで

「おかえり」
の言葉で出迎えるから
あたたかいご飯を用意して
待ってるよ

何かあったらなんでも相談してね
私はいつでもあなたの味方だから

そしてまたあなたを送り出すときは
「いってらっしゃい」
と明るく手をふるよ

いつもそうしてたようにね

出会えてよかった

いつも支えてくれた人たち
あたたかい言葉をかけてくれた人たち
出会えてよかった

これから先も
この絆は大切にしたい
そして出会えたことに
感謝したい

きれいだな

すみわたる晴れた空
一面に広がる色とりどりの花畑
ふりそそぐ光でかがやく緑の葉

満開の桜の木
すきとおった青い色の海
キラキラ輝く夜空の星
きれいだな

神様の想い

神様はきっといる
そう信じています
そして神様は

この世に生まれた命はみんな我が子

争いのない世界を

この世界の自然よ　美しく

そう想いながら

この世界を見ているのかな

祈り

この世界よ
空がすみわたりますように
緑ゆたかになりますように

青くすきとおる海になりますように
この世界よ
美しくあれ

〔著者紹介〕

夏戸 いく（なつど いく）

兵庫県生まれ。

中学受験の不合格で心が折れるも家族に見守られてなんとか乗り越える。

しかし三〇代後半から人間関係のトラブルが続き困難をきわめる。

そのような苦境の中でも子供と出会って幸せを見い出し子供を守りたい一心で前向きに生きることを決意。

そして子供が成人する頃に長く続いた苦労が報われ平穏な日々を過ごせるようになる。

これまでの困難を乗り越えた経験から伝えたいことを思い描き詩を書くに至る。

伝えたいことは

2024年2月26日　第1刷発行

著　者　夏戸いく
発行者　宮下玄覇
発行所　MPミヤオビパブリッシング
〒160-0008
東京都新宿区四谷三栄町11-4
電話(03)3355-5555
発売元　株式会社宮帯出版社
〒602-8157
京都市上京区小山町908-27
電話(075)366-6600
http://www.miyaobi.com/publishing/
振替口座 00960-7-279886
印刷所　モリモト印刷株式会社

ISBN978-4-8016-0315-8 C0092